JAMAICA BRASILEIRA

EDGARD DE SOUZA SILVA | ELVIS DA SILVA

IBEP

© IBEP, 2012

Diretor superintendente	Jorge Yunes
Gerente editorial	Célia de Assis
Editor	Pedro Cunha
Revisão	André Tadashi Odashima
	Berenice Baeder
	Luiz Gustavo Bazana
	Maria Inez de Souza
Coordenadora de arte	Karina Monteiro
Assistente de arte	Marilia Vilela
	Tomás Troppmair
	Nane Carvalho
	Carla Almeida Freire
Coordenadora de iconografia	Maria do Céu Pires Passuello
Assistente de iconografia	Adriana Neves
	Wilson de Castilho
Cartografia	Mario Yoshida
Ilustrações	Elvis da Silva (obras de arte)
	Getty Images (arabescos)
	Marcelo Padron (infográfico)
Produção gráfica	José Antônio Ferraz
Assistente de produção gráfica	Eliane M. M. Ferreira
Projeto gráfico	Departamento Arte Ibep
Capa	Departamento Arte Ibep
Editoração eletrônica	Departamento Arte Ibep
Imagem da capa	Elvis da Silva. *Menino* - Releitura, 2005 (detalhe). Óleo sobre tela, 50 cm X 70 cm.

Dados Internacionais de Catalogação na Publicação (CIP)
(Câmara Brasileira do Livro, SP, Brasil)

Silva, Edgard Honorato de Souza
Jamaica Brasileira / Edgard Honorato de Souza
Silva, Elvis da Silva ; ilustração Elvis da
Silva. -- São Paulo : IBEP, 2012.

ISBN 978-85-342-3499-3

1. Poesia brasileira I. Silva, Elvis da. II. Título.

12-13626   CDD-869.91

Índices para catálogo sistemático:
1. Poesia : Literatura brasileira 869.91

1ª edição – São Paulo – 2012
Todos os direitos reservados

IBEP

Av. Alexandre Mackenzie, 619 - Jaguaré
São Paulo - SP - 05322-000 - Brasil - Tel.: (11) 2799-7799
www.editoraibep.com.br   editoras@ibep-nacional.com.br

Reimpressão Março 2022, Gráfica Impress

SUMÁRIO

OS AUTORES 5

PREFÁCIO 7

APRESENTAÇÃO 9

PARA REFLETIR 11

JAMAICA BRASILEIRA 17

PARA FAZER 55

INDICAÇÃO DE LEITURAS 61

REFERÊNCIAS BIBLIOGRÁFICAS 63

OS AUTORES

O escritor

o escritor Edgard de Souza Silva nasceu em São Paulo (SP), em 9 de julho de 1983. desde muito jovem, desenhou em poesia tudo o que ficou gravado em seu espírito. Aos 17 anos, já tinha três livros escritos e muitas ideias na cabeça. Em 2002, conseguiu publicar a obra de cunho autobiográfico *Memórias de um adolescente e seus ideais*. Um ano depois, tornou-se um dos mais jovens associados da união Brasileira de Escritores. Aos 19 anos, seus sonhos de liberdade, igualdade racial e justiça social ganharam repercussão com a primeira edição de *Jamaica Brasileira*.

Escrito quando Edgard tinha apenas 17 anos, *Jamaica Brasileira* reflete os anseios da juventude por um mundo melhor, desconstruindo mitos de superioridade e inferioridade entre os vários grupos humanos. com uma linguagem que mistura prosa e poesia, apresenta uma construção aberta e linear, ingressa na erudição, no humanismo e nos adjetivos. Publicada em forma de *e-book* pela Secretaria de Políticas de Promoção da igualdade racial em 2010, esta obra é hoje o único livro brasileiro sobre racismo, em poesia, catalogado na Biblioteca do congresso Americano (*The Library of Congress*).

O artista plástico

Elvis da Silva nasceu em Pirassununga, interior de São Paulo, em 1963. Até os 18 anos, foi criado como colono em fazendas da região. funcionário público concursado, trabalhou nos estados de São Paulo, Amazonas, Minas gerais e rio grande do Sul durante 25 anos. durante todo esse período, desenvolveu a arte e o artesanato por onde passou. Em 1999, mudou-se para campinas (SP), onde adotou um caráter mais histórico para seus trabalhos. Para dar maior base teórica à sua produção, entrou na faculdade de história. com isso, passou a produzir e expor em diversos lugares obras ligadas à cultura negra e à formação do povo brasileiro.

Além do tema, suas exposições se destacam pela pintura inovadora que utiliza a Técnica de observação no Escuro (TOE), desenvolvida pelo próprio artista com o objetivo de captar o máximo de cor que a retina humana consegue apreender. Segundo o artista, a percepção de suas obras é bastante alterada pela luz de cada ambiente.

PREFÁCIO

Jamaica Brasileira.

os sons que surgem da leitura desta obra são como uma batida quase perfeita, misturando *hip hop* com samba, cordel com erudito. uma distribuição harmônica de arranjos que nos remete aos sons produzidos pela juventude brasileira em suas mais variadas nuances, produzidos na vida real das ruas das cidades de verdade.

Mas o imaginário lírico destes sons que são letras permite sonhos, licenças poéticas, visitas ao ficcional. E é assim que convivem as personagens inventadas que circulam pelas travessas e avenidas da Jamaica Brasileira.

A narrativa da obra não se prende a imagens formais. Propositalmente, as figuras contracenam num espaço de possibilidades que pode ir dos roteiros de história em quadrinhos clássicos à linguagem dos conceitos da micrometragem contemporânea.

É um texto que tira o fôlego por sua incessante busca ao revelar estórias e jeitos que compõe um imaginário cheio das realidades vividas. Qualquer jovem das periferias das cidades se imiscui na narrativa intensa e quase ofegante.

É um texto que anda por aí.

À primeira vista, *Jamaica Brasileira* parece mais um texto de acordes e rimas. Mas, ao avançarmos nos valores do enredo, deparamo-nos com sequências primas no antagonismo entre o bem e o mal, entre os poderes constituídos, político e religioso, entre o verso e a estrofe; e com momentos que simplesmente parecem literatura de cordel, com aquela luz de sol ardido, de sertão, de chão seco.

um curto-romance no infinitivo, ao mesmo tempo delicado e ácido.

Edgard de Souza Silva sugere uma animação rápida, alegórica em alta definição, tendo como pano de fundo os históricos embates étnicos e dos direitos civis. É quase um *game* com um desfecho singelo.

identificar as vertentes para as quais a arte das letras se direciona é importante para que a construção da cultura, em especial a cultura negra, acompanhe simultaneamente as demandas das juventudes étnico-raciais da nação.

como dirigente da fundação cultural Palmares, sinto-me orgulhoso de poder contribuir, de maneira singela, para a perpetuação de um trabalho árduo que a tenacidade e dedicação do autor fizeram com que fosse publicado. A sua juventude e o seu olhar arguto sensibilizaram todos nós que sabíamos da importância desta obra.

Boa leitura e boa viagem!

Martvs Antonio Alves das chagas
Diretor de Fomento e Promoção
da Cultura Afro-brasileira da
Fundação Cultural Palmares

APRESENTAÇÃO

Não somos multirracialistas, somos não racialistas. Estamos lutando por uma sociedade em que as pessoas parem de pensar em termos de cor... Não é uma questão de raça, é uma questão de ideias.

Nelson Mandela, *Conversas que tive comigo*, p. 125.

Vivemos em um mundo permeado pelas diferenças. nas ruas, escolas e até dentro de casa podemos perceber comparações, tratamentos desiguais e outras formas de preconceito. Em um lugar, a pessoa é malvista porque é negra. Em outro ambiente, não se aceitam pessoas pobres. dentro de algumas famílias, as mulheres sofrem caladas. há lugares onde só quem crê em determinada religião é bem-vindo.

Para construirmos um mundo melhor, mais solidário e igual, é necessário mudar esse tipo de comportamento. Porém, essa não é uma tarefa fácil, como nos mostra o livro *Jamaica Brasileira*.

Pensando em uma solução inovadora para acabar com os preconceitos, o autor Edgard de Souza Silva criou, quando tinha apenas 17 anos, um projeto radical: em uma ilha isolada do mundo, bebês de diferentes cores seriam criados juntos, como iguais em tudo, sem qualquer discriminação.

E o que será que aconteceu com esse projeto? Será que essa ilha, chamada Jamaica Brasileira, tornou-se um espaço livre de preconceitos?

de maneira brilhante, o autor nos convida a refletir sobre essa questão, mostrando, ao final, a importância de se educar para superar os preconceitos.

Jamaica Brasileira é uma viagem pelo tema das diferenças, enriquecida por pinturas do artista plástico Elvis da Silva. Desenvolvidas sob o tema da cultura negra e da formação do povo brasileiro, as obras do artista valorizam exatamente a diversidade étnica existente no Brasil.

A narrativa de Edgard e as imagens de Elvis formam dois livros em um só, completando-se na busca por um país livre de preconceitos. São duas abordagens sensíveis sobre esse tema que exige uma reflexão mais profunda.

Uma reflexão que precisa ser feita a partir de uma discussão sobre o uso de termos como raça e racismo, as relações étnico-raciais e o processo de formação do povo brasileiro, como faremos a seguir.

PARA REFLETIR

RAÇA E RACISMO

> *[...] todas as doutrinas de superioridade fundamentadas em diferenças raciais são cientificamente falsas, moralmente condenáveis, socialmente injustas e perigosas, [...] não existe justificativa, onde quer que seja, para a discriminação racial, nem em teoria nem na prática.*
>
> Convenção Internacional sobre a Eliminação de Todas as Formas de Discriminação Racial, adotada pela Resolução 2.106-A (XX) da Assembleia Geral das Nações Unidas, em 21 de dezembro de 1965 e ratificada pelo Brasil em 27 de março de 1968.

A resolução das nações unidas citada acima foi um marco na busca por um mundo mais consciente da inexistência de "raças" humanas. Porém, como era empregado o termo "raça", anteriormente à convenção?

no século XVI, o termo "raça" surgiu para designar grupos ou categorias de pessoas conectadas por uma origem comum. Em meados do século XVIII, cientistas naturalistas passaram a defender teorias raciais que buscavam um sentido biológico para dividir a humanidade, justificando a existência da escravidão humana. Mas foi no século XIX que se consolidou o chamado darwinismo social – teoria racial que empregava o termo "raça" como elemento para classificar a espécie humana por atributos externos e pelas características morfológicas.

na verdade, essa teoria não tinha embasamento científico, ganhando destaque por legitimar o avanço das nações europeias sobre o continente africano. dessa forma, o imperialismo europeu se consolidou em 1885, com a partilha da África. com o fim da escravidão no mundo, a necessidade de os estados imperialistas legitimarem suas posições resultou no racismo, um conceito preestabelecido (preconceito) que afirma determinada origem étnica como inferior às demais.

foi nesse contexto que, com o apoio da UNESCO, ocorreram reuniões sobre o tema nos anos de 1947, 1951 e 1964, com o objetivo de desconstruir o termo "raça". Em 1965, a convenção internacional citada anteriormente consolidou o preceito de que, no campo da ciência, tornou-se ultrapassado o conceito de "raças humanas", levando ao entendimento de que existe uma única espécie humana.

Apesar desse avanço, o racismo permanece em muitos países, inclusive no Brasil. Por isso, o termo, atualmente, é empregado pelos movimentos sociais como instrumento de leitura e compreensão dos fatores que geram os indicadores de desigualdades, e como elemento na construção de políticas públicas que visam satisfazer às demandas étnico-raciais da nossa sociedade.

RELAÇÕES ÉTNICO-RACIAIS

[...] a discriminação entre as pessoas por motivo de raça, cor ou origem étnica é um obstáculo às relações amistosas e pacíficas entre as nações e é capaz de perturbar a paz e a segurança entre os povos e a harmonia de pessoas vivendo lado a lado, até dentro de um mesmo Estado.

Convenção Internacional sobre a Eliminação de Todas as Formas de Discriminação Racial, adotada pela resolução 2.106-A (XX) da Assembleia Geral das Nações Unidas, em 21 de dezembro de 1965 e ratificada pelo Brasil em 27 de março de 1968.

Etnia, grupo étnico e etnicidade são construções sócio-históricas que surgem e são estimuladas pelas relações de exclusão e inclusão. Em muitos casos, têm como base o racismo e como resultado as discriminações, sejam elas no mercado de trabalho, em salários diferenciados, na exclusão da política e no acesso a direitos culturais.

Tradicionalmente, os grupos étnicos são caracterizados pela autoatribuição e autoidentificação dos integrantes. costuma-se destacar ainda sua perpetuação biológica e o compartilhamento de valores culturais fundamentais. contudo, é comum que em sociedades estratificadas não haja a identificação étnica em todos os campos da vida entre os grupos majoritários. dessa forma, essa identificação parece ser importante apenas para grupos étnicos politicamente minoritários, sejam eles minoria demográfica ou parcela da sociedade que não detém o poder.

Exemplo disso é a *negritude*, movimento iniciado por intelectuais africanos e afrodescendentes, no início do século XX, com o objetivo de romper a hegemonia branca pela valorização da cultura negra e africana, da contestação da ordem colonial e emancipação dos povos oprimidos, e da busca por uma revisão das relações entre os povos para se chegar a uma civilização *universal*, não no sentido geográfico, mas sim em uma sociedade onde todos convivem de forma igual e solidária.

conforme mostrou Lilia Schwarcz, "ninguém nega que exista racismo no Brasil, mas sua prática é sempre atribuída ao 'outro'", perpetuando-se principalmente na intimidade. E essa postura extrapola a questão da cor, desvelando uma sociedade na qual também se discrimina, silenciosamente ou não, as mulheres, os mais pobres, os homossexuais e outros grupos.

É essa busca por uma sociedade igual e solidária que traz à luz a obra *Jamaica Brasileira*. o texto aborda a questão das relações étnico-raciais pela premissa de que a diferença racial, diferença cultural, separação social e barreiras linguísticas produziram um mundo de povos separados. E para dar fim a essa separação, cria-se uma sociedade isolada na qual os indivíduos são criados sem conhecer preconceitos. Porém, face aos aspectos morfológicos e atributos externos dos indivíduos, grupos étnico-raciais acabam se formando e a estratificação social, por conseguinte, enseja a segregação étnico-racial com hostilidade espontânea e organizada.

dessa perspectiva, podemos refletir sobre a formação do povo brasileiro e a importância de um esforço coletivo no sentido de tornar as relações étnico-raciais em nosso país mais iguais e solidárias.

Grupos étnicos que ajudaram a formar o Brasil

Uma das principais características do povo brasileiro é a diversidade étnica, que resultou de um processo histórico iniciado em 1500, com a chegada dos portugueses à terra antes ocupada por diversos povos indígenas.

INDÍGENAS

Calcula-se que, por volta de 1500, o território hoje ocupado pelo Brasil contava com uma população entre um e dez milhões de habitantes, pertencentes a diversos grupos étnicos naturais dessa região. Eles formavam sociedades distintas, somando cerca de 1300 línguas diferentes. Com a colonização portuguesa, milhares de indígenas foram mortos e muitas sociedades nativas desapareceram devido a doenças ou conflitos gerados pelos colonizadores. Segundo o Censo IBGE 2010, a população indígena no Brasil hoje é cerca de 817 mil indivíduos, distribuídos em 688 Terras Indígenas, conforme dados da Fundação Nacional do Índio (FUNAI). São 220 povos que falam cerca de 180 línguas.

OUTROS GRUPOS

A vinda de imigrantes não foi resultado apenas de ações portuguesas ou brasileiras. Na maioria dos casos, grupos imigraram para o Brasil devido a crises em suas regiões de origem, buscando aqui oportunidades. Além dos grupos de origem europeia, vários outros ajudaram a construir a nação brasileira: **árabes**, que começaram a desembarcar no país no final do século XIX, mas apenas no início do século XX chegaram em quantidades expressivas, sendo a maioria de origem **libanesa** e **síria**; **japoneses**, que vieram para o Brasil diante de sérios problemas em sua nação, em especial a partir de 1908, e atualmente formam a maior população japonesa fora do Japão; **chineses**, cuja chegada foi, em grande parte, motivada pela fama de serem ótimos agricultores; **judeus**, vindos em grandes levas nas décadas de 1920, 1930 e 1940, em razão das duas Guerras Mundiais; **ciganos**, cujas origens são variadas, relacionadas à Europa ocidental e aos Balcãs, e cuja presença no Brasil é notada ainda em 1574, mas só passa a ser mais representativa a partir de 1718, quando grupos são deportados de Portugal para Bahia e Minas Gerais, e ao longo do século XIX, quando povos ciganos iniciam uma grande migração para o leste europeu e as Américas.

Fonte: COSTA, Emília Viotti. *Da senzala à colônia*. 2. ed. São Paulo: Ciências Humanas, 1982; FUNAI. Índios do Brasil. Disponível em: < http://www.funai.gov.br>. Acesso em: ago. 2012; HERNANDEZ, Leila Leite. *A África na sala de aula*: visita à história contemporânea. São Paulo: Selo Negro, 2005; IBGE. Brasil: 500 anos de povoamento. Disponível em: <www.ibge.gov.br/brasil500>. Acesso em: ago. 2012; SÃO PAULO, Prefeitura de. Imigração japonesa. Disponível em: <www.saopaulo.sp.gov.br/imigracaojaponesa>. Acesso em: ago. 2012; TEIXEIRA, Rodrigo Corrêa. *História dos ciganos no Brasil*. Recife: Núcleo de Estudos Ciganos, 2008. Disponível em: <www.etnomidia.ufba.br/documentos/rct_historiaciganosbrasil2008.pdf>. Acesso em: ago. 2012.

AFRICANOS

A partir do século XVI, povos de origem africana foram trazidos à força para o Brasil para servir de mão de obra escrava em diversos setores da colônia, principalmente no plantio de cana-de-açúcar (séculos XVI e XVII), exploração do ouro (século XVIII) e cultivo de café (séculos XVIII e XIX). A escravidão fazia parte da cultura de diversos grupos étnicos africanos. Porém, com o tráfico para as Américas, tornou-se um grande negócio, devastando populações inteiras. Estima-se que aproximadamente 4,5 milhões de africanos tenham desembarcado no Brasil, onde eles e seus descendentes sofreram muito para se adaptar. Os cativos nunca aceitaram a situação em que viviam, resistindo com fugas, revoltas, formação de quilombos e até pela preservação de seus costumes. Com isso, acabaram influenciando profundamente a cultura brasileira.

EUROPEUS

Desde a chegada dos **portugueses**, em 1500, o Brasil passou a receber diferentes grupos europeus que imigraram para essas terras por vontade própria. Nos primeiros anos de colonização, a maioria dos imigrantes tinha origem portuguesa. Em meados do século XVIII, o grande número de africanos escravizados começou a preocupar as autoridades, que deram início a projetos imigrantistas. O primeiro foi direcionado a casais de Açores, um conjunto de ilhas localizado no Oceano Atlântico e que faz parte de Portugal. O estímulo à vinda de famílias de outras nações europeias só começou em 1808, quando terras foram concedidas a imigrantes que já estavam em território brasileiro. Dez anos depois, foi criada a primeira colônia de **suíços** na Fazenda do Morro Queimado, em Cantagalo, no Rio de Janeiro. A partir de 1824, imigrantes de **origem alemã** deixaram a Europa, movidos pela fartura de terras no Brasil e em busca de melhores condições de vida. A política imigrantista foi intensificada em 1850, quando o tráfico de africanos escravizados foi proibido no Brasil. O ápice da imigração, no entanto, se deu após o fim da escravidão, em 1888, quando milhares de **espanhóis**, **italianos** e outros povos europeus desembarcaram no Brasil.

JAMAICA BRASILÊIRA

JAMAICA BRASILEIRA

Num mundo cheio de diferenças sociais, em que um ser possui supremacia sobre o outro, os negros, as pessoas mais pobres e outros grupos são alvos de preconceitos. Com base nessa constatação, o trabalho denominado PROJETO JAMAICA BRASILEIRA, de minha autoria, há de unir bebês de todas as cores. Contudo, a inocência dessas crianças será distorcida pela própria mente, pois, com o passar do tempo, elas mesmas perceberão o quanto são iguais, porém diferentes em suas cores...

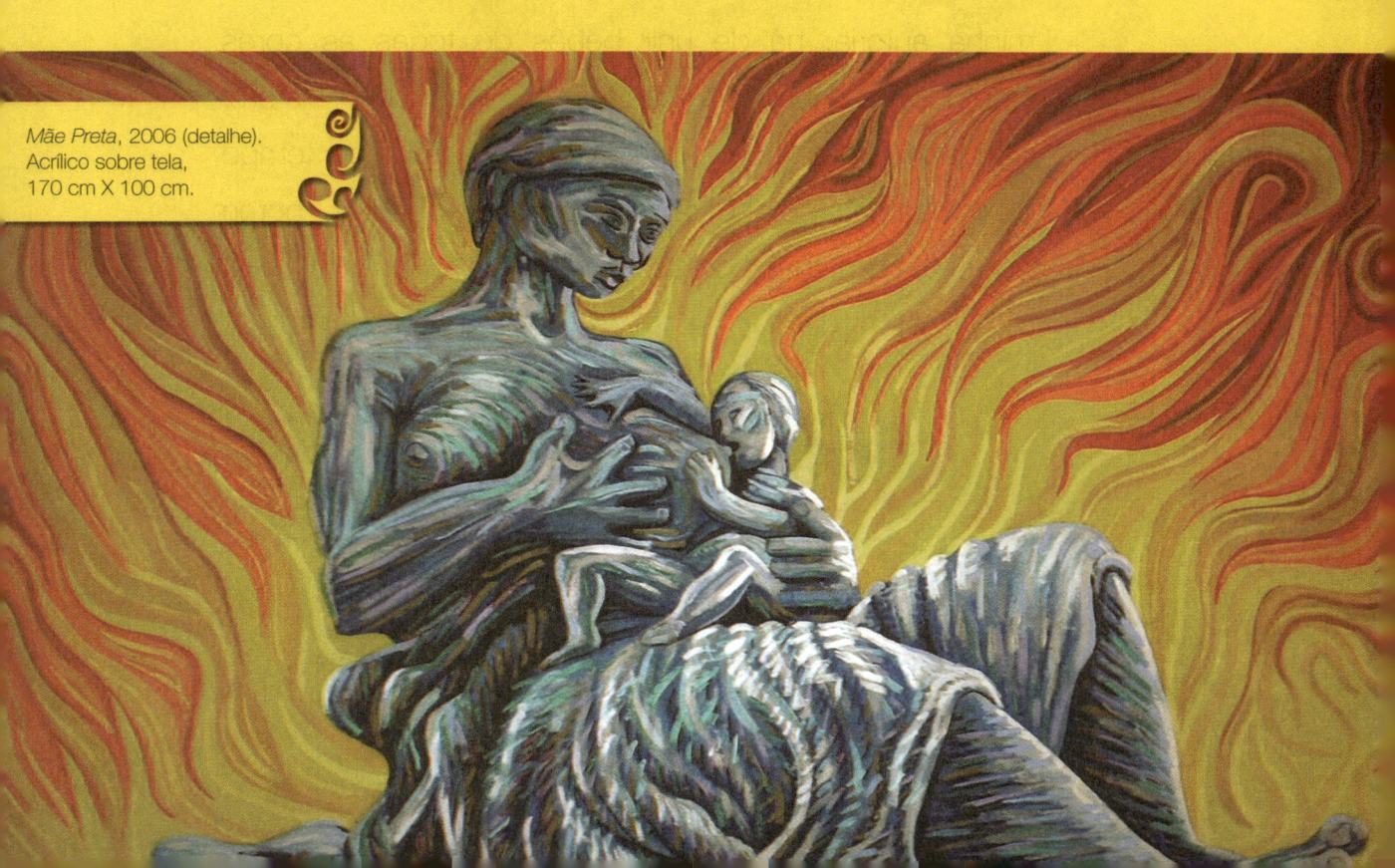

Índio do Xingu, 2002 (detalhe).
Óleo sobre tela,
70 cm X 100 cm.

Mãe Preta, 2006 (detalhe).
Acrílico sobre tela,
170 cm X 100 cm.

Tutores e recém-nascidos
em uma cidade criada por minha imaginação,
e onde todos aparentemente unidos,
com o passar do tempo se discriminarão.
Tudo surgiu a partir de uma filosofia
que a todos devo citar,
pois em uma sociedade nada sadia
há muito que consertar.
Então pensei: como seria
se o homem negro, o branco e o amarelo se unissem
para aspirar um novo dia,
em que os preconceitos social e racial não existissem?
Por isso tutores para esta história criei
e por eles os recém-nascidos serão educados
de uma forma na qual lhes direi
que o preconceito e as diferenças dificilmente serão exterminados.

independentemente de sua inocência,
com o tempo irão perceber
as diferenças entre eles durante a convivência
e o preconceito que nem mesmo os tutores farão desaparecer.
como seria esse preconceito?
Somente racial?
ou as condições financeiras seriam um defeito?
como em todo o mundo essa discriminação é normal?
Só sei que perante a lei somos iguais
e não importa a cor ou condição social.
Mas os homens são tão banais
que não percebem que surgiram e sumirão num mesmo local.
E um mal que o humano sempre terá,
não só por sua mente distorcida,
pois o ser com o tempo verá
que diferenças são normais em quaisquer formas de vida.

E assim começa o projeto,
que como vocês perceberam irei demonstrar,
no qual durante todo o trajeto
a diferença não dá para evitar,
mas sim entender.
Pois sempre iremos julgar
a aparência de um ser
ou até mesmo sua forma de pensar.
Assim tudo começou e surgiu
em uma cidade fechada,
onde não há berço que pariu
nenhuma classe privilegiada.
Recém-nascidos chorando
e sendo amamentados com o leite materno,
pois suas mães não conseguiriam educá-los nem trabalhando
e, mesmo assim, seu amor pelos filhos será eterno.

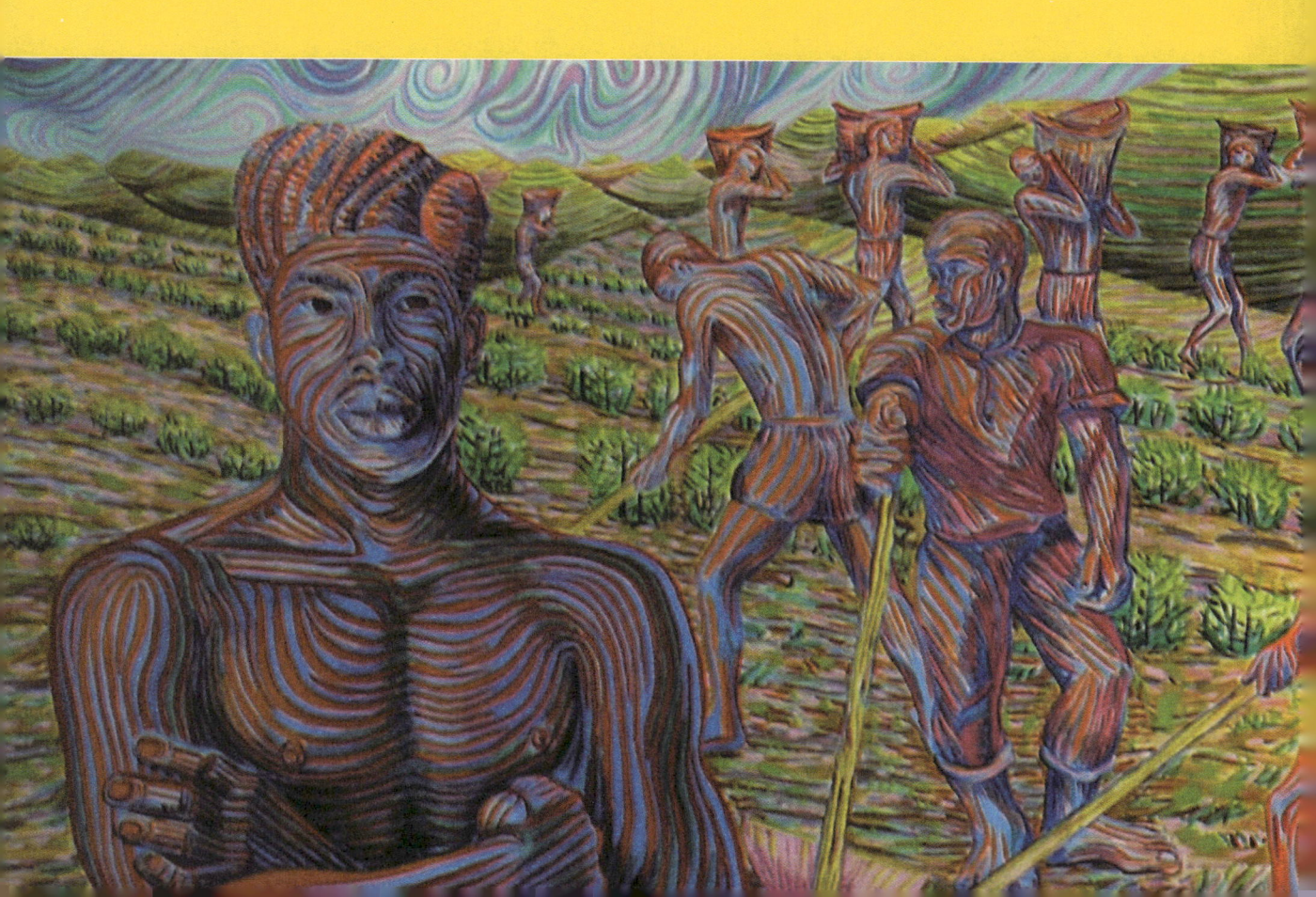

Assim começa a Jornada
de crianças em busca de um novo dia,
seguindo uma estrada,
procurando conviver em harmonia.
Seus tutores muito conceituados,
cada um com seu modo de viver,
porém com ideias de aprendizados
que todo ser deve saber.
Sérgio Sabedoria, que o diga,
é um tutor fora do comum
e diz Joaquina Paz ser sua melhor amiga:
uma tutora que não gosta de guerra ou conflito algum
Já Luíza Esperança
só anda com ricardo união.
Eles sempre se deixam influenciar pela criança,
que dizem ser o futuro da nação.

Ciclo do Café e Portinari, 2007 (detalhe).
Acrílico sobre tela, 400 cm X 160 cm.

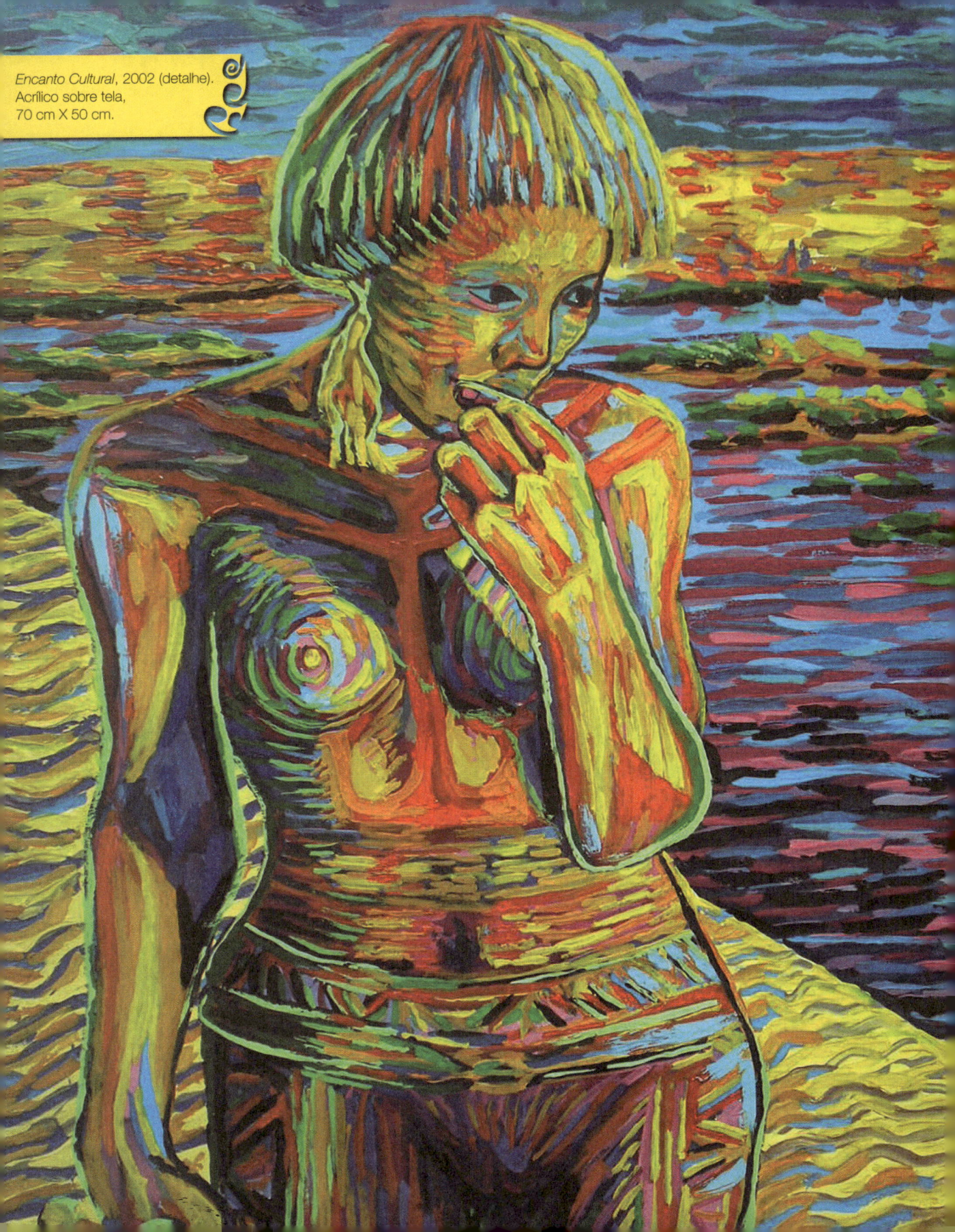

Encanto Cultural, 2002 (detalhe).
Acrílico sobre tela,
70 cm X 50 cm.

Eles pesquisaram
e pensaram como poderiam educar
crianças que precisavam
a união entre raças ao mundo mostrar.
Então, para começar,
os sobrenomes das crianças foram eliminados
No primeiro nome eles não iriam tocar,
mas deixar que durante o projeto eles fossem criados,
pois imaginem que o sobrenome de alguém
tivesse perante o outro mais tradição.
O projeto iria para o além!
E a inveja prevaleceria junto a discriminação,
e o mundo iria assistir
o caminhar deste projeto
e conflitos poderiam surgir
pelo mundo afora entre famílias e raças durante o seu trajeto.

Mas não posso esquecer
da família Saúde que cuida do hospital,
onde apesar de parentesco entre eles não haver,
como uma equipe unida não há igual.
Todos os recém-nascidos
pela equipe eram cuidados:
estivessem doentes ou feridos,
eram sempre bem tratados.
Voltando a falar dos tutores da Jamaica Brasileira,
vou descrever suas respectivas cores,
pois a amizade entre eles era verdadeira
e não havia preconceito, porque todos sabiam dos seus valores.
Sérgio Sabedoria era amarelo, descendente de orientais.
Luiza Esperança era negra e sua cor era muito forte.
Ricardo união era branco e sabia de seus ideais.
E Joaquina Paz era vermelha e esperava com as crianças ter sorte

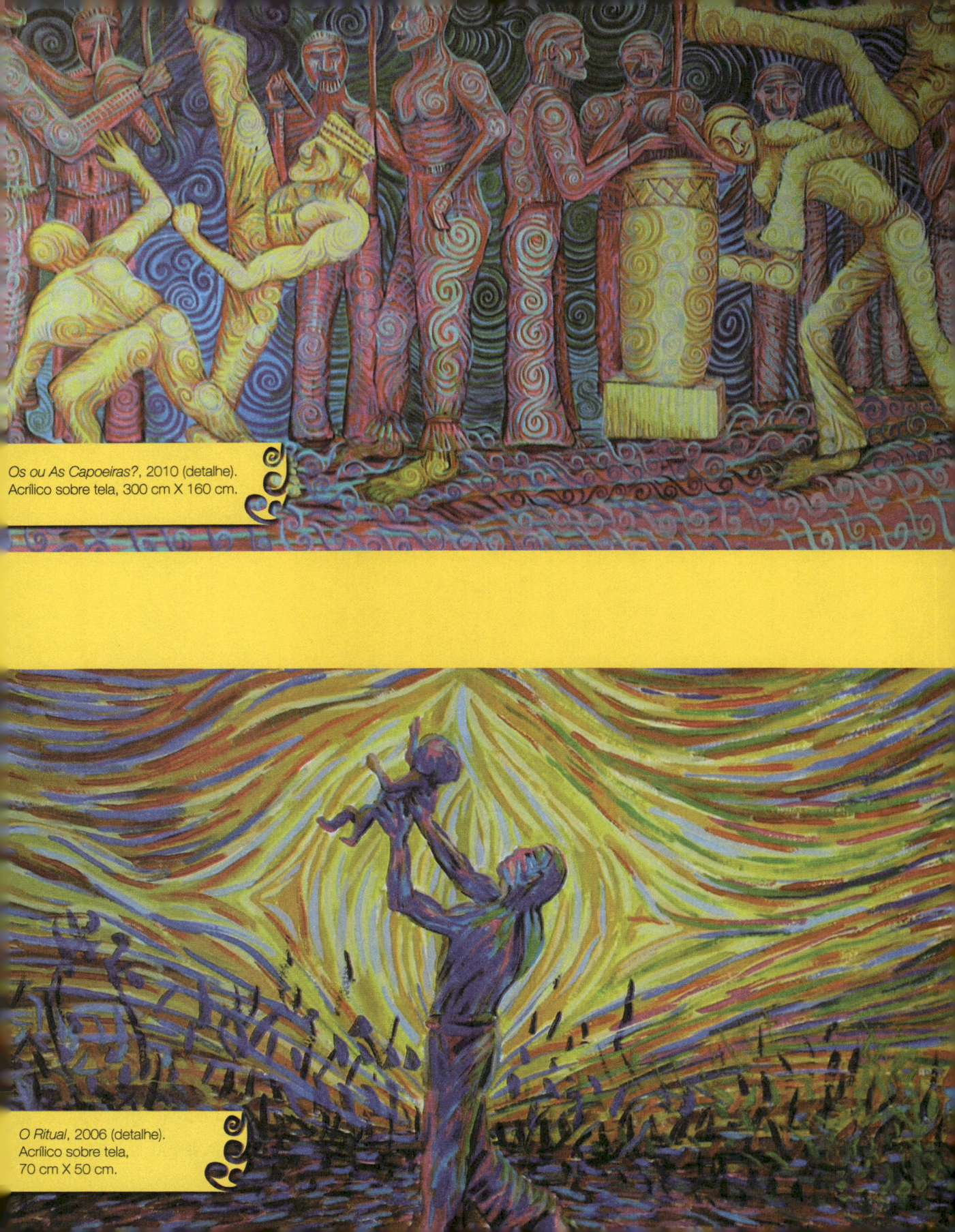

Os ou As Capoeiras?, 2010 (detalhe).
Acrílico sobre tela, 300 cm X 160 cm.

O Ritual, 2006 (detalhe).
Acrílico sobre tela,
70 cm X 50 cm.

Assim termino de lhes mostrar a infraestrutura
da cidade Jamaica Brasileira por mim criada.
E pretendo demonstrar, da forma mais pura,
que nós mesmos poderíamos construir uma sociedade idealizada,
na qual o preconceito
não fizesse parte do vocabulário da Nação.
Até mesmo ser sinônimo de respeito
ou de união.
Quem sabe, assim,
a união entre as raças fosse promulgada
e, dessa forma, colocássemos um fim
na discriminação que já deveria ter sido exterminada.
Então, começarei a história deste projeto,
esperando que alguma lição social possa lhes servir.
Tomara que no percorrer do seu trajeto,
positivas vibrações consigam atrair!

Tudo começou a partir de uma reunião,
quando o Senado resolveu se manifestar.
Pois o preconceito e a discriminação eram a questão:
um assunto delicado que a muitos pretende ajudar.
Então foi elaborado o projeto de uma cidade.
um local idealizado,
onde tutores poderiam modelar uma sociedade
e obter uma nação sem preconceito, onde nem tudo está acabado.
Outros presidentes apoiaram o país,
com verba e toda a ajuda fundamental
para, quem sabe, mostrar que podemos ser uma nação feliz,
independentemente de raça ou classe social.
Contudo, foram aceitos recém-nascidos
de pais que não tiveram condições de seu filho sustentar,
e sentir orgulho de ver as crianças terem vencido
o preconceito que eles não conseguiram enfrentar.

Índios do Brasil, 2002.
Óleo sobre tela,
70 cm X 90 cm.

Muitas crianças foram aceitas
de forma igualitária e sem passar por seleção,
(as distribuições tinham de ser perfeitas)
e mesmo aquelas com deficiência, pois não havia discriminação.
Até porque o projeto visava
educar pela igualdade.
Almejava promover
o senso de justiça entre desiguais: equidade.
os tutores que começaram a pesquisar
encontraram a solução:
da forma mais inocente possível,
educar um cidadão.
Mas para isso era necessário muito cuidado, pois o impacto quando
eles percebessem suas diferenças seria forte.
Porém, tudo fora bem planejado
e para os tutores só faltaria o desejo: boa sorte!

Logo os recém-nascidos foram levados
e suas respectivas mães iriam ao hospital,
onde eles seriam amamentados
até obterem uma alimentação normal.
Após um ano de êxito do projeto
as mães tiveram de partir.
Os bebês tinham um novo trajeto
e uma missão a cumprir.
E logo os tutores começaram a trabalhar
para não haver o sentimento de saudade.
no começo foi difícil fazê-los parar de chorar,
mas, aos poucos, isso se resolveu com facilidade.
Então o hábito de falar
foi aparecendo entre as crianças da cidade.
A alegria mundial estava por começar,
ao ver as crianças aspirando à felicidade.

As crianças começaram a interagir
e se educar.
Uma nova etapa estava a surgir
e algumas passaram a se destacar.
Foi inevitável não reparar,
pois passados sete anos de projeto,
nos quais os tutores estavam a alfabetizar,
seis crianças mudaram o trajeto.
A primeira criança logo citarei:
Raquel Luxúria foi quem consolidou a corrupção.
Costumes que preponderavam a abundância do mais poderoso rei
macularam o seu coração.
Já Luís Avareza, assim chamado,
não queria ajudar ninguém,
pois somente ele tinha de ser privilegiado
e os outros, para ele, eram resto também.

Maria Soberba queria tudo do melhor.
Se alguém lhe oferecesse uma coisa bonita,
ela dizia que a do outro era pior.
Em fazer inveja aos outros era perita.
Ainda nesses problemas fatais,
Fabrício inveja não podia ver João gula pegando tudo,
pois João gula sempre queria mais.
Por isso fabrício o invejava e o comparava com o absurdo.
E Felipe Preguiça nunca queria fazer nada.
Sempre estava com ar de paisagem.
Até mesmo na hora da chamada,
parecia que só estava ali de passagem.
Os tutores faziam de tudo para desaparecer
toda essa situação que poderia se espalhar.
Mas eles não podiam alunos perder:
pois haviam pensado em os expulsar.

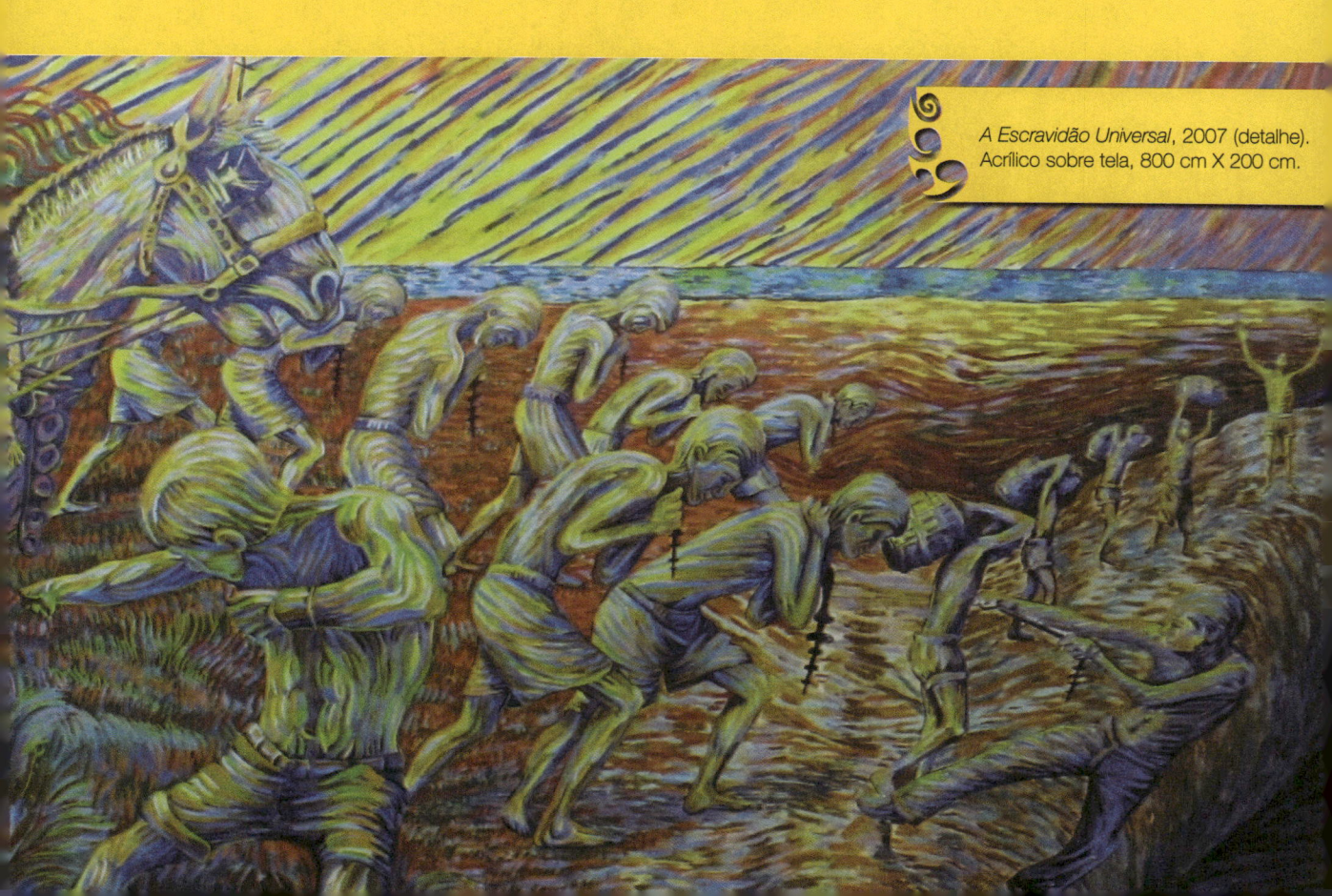

A Escravidão Universal, 2007 (detalhe).
Acrílico sobre tela, 800 cm X 200 cm.

Índia do Xingu II, 2006 (detalhe).
Acrílico sobre papel,
30 cm X 40 cm.

A mão no ombro, 2006 (detalhe).
Acrílico sobre tela,
170 cm X 100 cm.

Então João gula e raquel Luxúria se uniram:
eram negros e perceberam as diferenças,
e com discursos a outros queriam que acreditassem em suas crenças.
Diziam que sua cor era mais forte,
que o negro é a mistura de todas as cores,
que eles é que tiveram sorte,
e que eram mais apurados os seus valores.
Já Maria Soberba e fabrício inveja diziam aos
amigos brancos que a cor deles era divina
e a todos de sua cor que eles atraíram,
falavam como sua pele era mais suave e fina.
felipe Preguiça não se manifestava para nada
e Luís Avareza queria ficar sozinho.
A situação estava controlada
e suas raças estavam em um bom caminho.

Sérgio Sabedoria
bem que tentou alguma coisa mudar,
mas o conflito entre negros e brancos só tenderia
cada vez mais aumentar.
Logo Joaquina Paz também procurou ajudar,
mas sua tentativa fugaz
não fez nada melhorar.
Já Luiza Esperança
fez de tudo para na situação dar um jeito,
porém a puberdade já era a próxima fase da criança
e, assim, foi gerado todo um preconceito.
Então Ricardo União
defendeu os pupilos quase adolescentes,
dizendo que eles eram o futuro da Nação e que
nesta filosofia deveríamos ser crentes.

Xingu em festa, 2004 (detalhe).
Óleo sobre tela,
50 cm X 70 cm.

A sociedade fora da Jamaica Brasileira
ficou revoltada com essa situação.
diziam que o projeto era besteira
e que o ser humano já nasce com defeito de fabricação.
Mas o Senado
pediu um tempo para que tudo fosse amenizado,
pois aquelas crianças seriam um referencial verdadeiro
para uma geração que não pode viver com o referencial do passado
neste mundo desigual,
onde cada vez mais reina o preconceito,
numa vida desleal,
ninguém para com o próximo tem respeito.
com isso, o mundo todo entrou na questão
e resolveu dar uma chance ao projeto.
Já que há muito parecido com o lado de fora a situação,
então por que não deixar as crianças cumprirem seu trajeto?
Com o passar do tempo as crianças cresceram
e desenvolveram teorias em cima do preconceito.
Brancos e negros se dividiram
e entre eles já não havia mais respeito.

os tutores bem que tentaram,
mas de nada adiantou.
A sociedade que eles almejaram
se perdeu e acabou.
As crianças já estão na faculdade
criada dentro da Jamaica Brasileira,
para eles mesmos tentarem achar a felicidade
e seguir alguma carreira.
cada um almejava
algo diferente
porém o que o negro sonhava
era mostrar que o branco não é gente.

Enquanto os brancos perseveravam em construir
um novo poder na sociedade,
legislar para restringir
o acesso dos negros aos seus direitos e à liberdade.
Contudo, vermelhos e amarelos não se intrometiam,
pois a árvore do silêncio pende seu fruto, a paz.
E mesmo silentes diante dos irmãos que se corrompiam,
mantiveram a esperança: a última que jaz.
Pois todos queriam lutar
para abrir os olhos daqueles baderneiros.
Mas o branco e o negro não iriam se misturar:
eles sempre almejariam ser os primeiros
e não procurar
a mais bela paz e união
pois queriam poder derrubar
e esfregar a face da raça inimiga no chão.

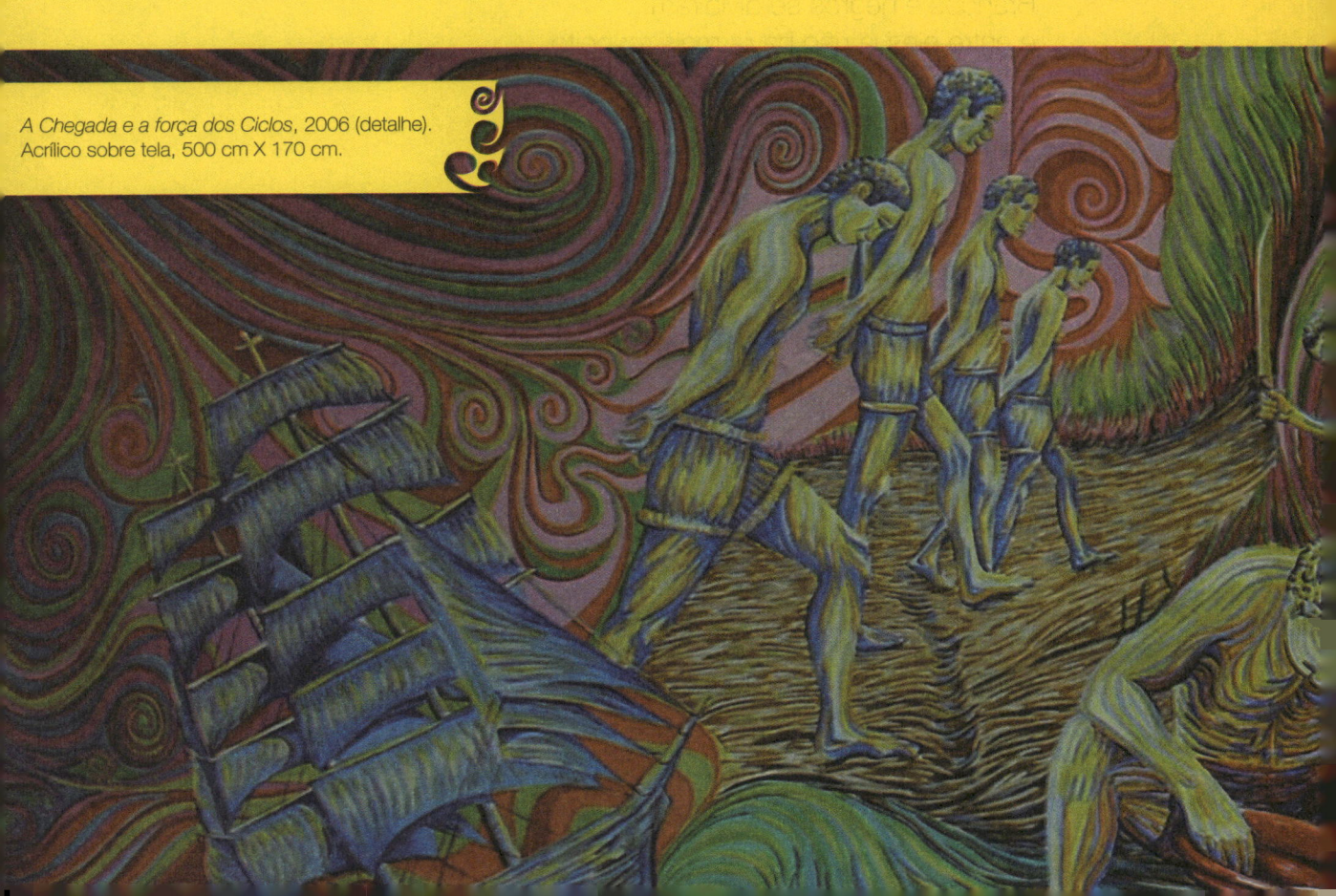

A Chegada e a força dos Ciclos, 2006 (detalhe).
Acrílico sobre tela, 500 cm X 170 cm.

Mas o que não se entendia
é que todos eram iguais,
somente a cor os diferenciava,
mas eles insistiam em brigar para mostrar quem eram os maiorais.
o que deu de errado?
Você irá me perguntar,
e digo que o preconceito foi sendo cultivado
junto às diferenças que começaram a brotar.
Por isso, amarelos e vermelhos viviam em harmonia,
pois mesmo com essas diferenças eles se respeitavam
e imaginavam, dia após dia,
uma solução para com o que tanto os preocupavam.
Era a guerra entre seus irmãos
que não estavam sabendo se respeitar,
pois nenhuma parte queria dar as mãos
para o outro apertar.

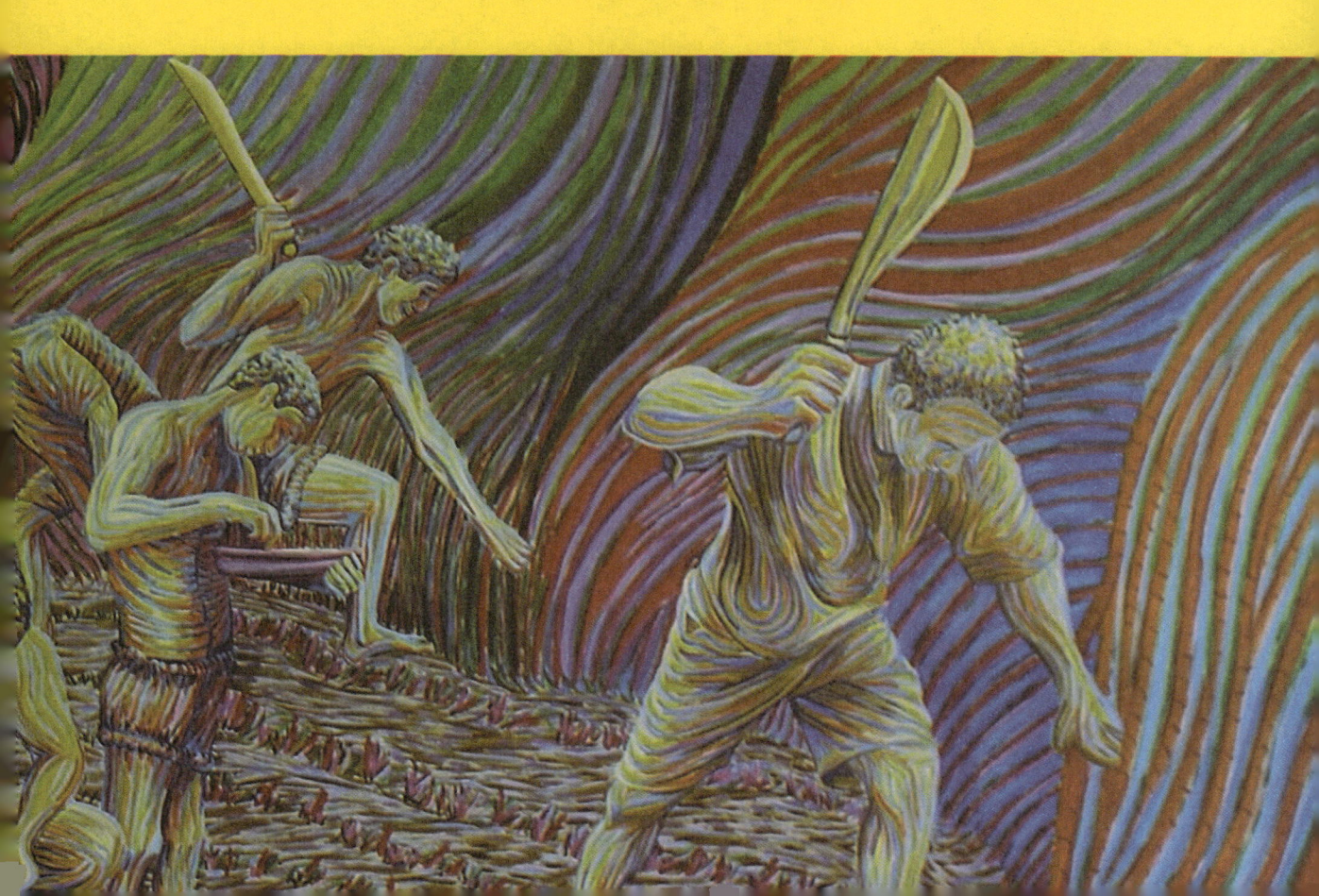

Debret ou Rugendas? – releitura, 2006 (detalhe).
Acrílico sobre tela, 170 cm X 100 cm.

Quando o Sol se põe a Cultura deita, 2002 (detalhe).
Óleo sobre tela, 170 cm X 100 cm.

E, assim, promulgar a paz
entre quase adultos formados,
com um valor capaz
de mudar os conflitos no passado gerados.
Esse valor que dormia chama-se união
e quando um ser surgia o trazia junto ao seu coração.
Contudo aumentaram as discussões,
pois o aluno que melhores notas tirasse na faculdade
teria de ser respeitado com quaisquer de suas opiniões,
porque seria nomeado o prefeito da cidade.
Muitos alunos se esforçaram,
mas apenas um se sobressaiu.
As pessoas, em sua grande maioria, não gostaram,
mas era um trato e se cumpriu.

O aluno destacado
era João gula, com gostinho de quero mais.
Por ter estudado e se esforçado:
um orgulho para sua raça se achar "demais".
Mas os brancos contrariados
tentaram se manifestar.
Fabrício inveja deixou os planos esquematizados
para uma revolta travar.
os tutores muito espertos
foram com eles conversar
e mostrar que estavam incertos
sobre a postura do sujeito que iria governar.
Então os brancos se acalmaram
e resolveram deixar essa questão,
enquanto os negros festejavam e aclamavam
a candidatura de João.

A conquista começa no sonho, 2011 (detalhe).
Acrílico sobre tela, 280 cm X 170 cm.

Enquanto isso estavam sendo escolhidos
os candidatos para juiz,
pois alguns deveres tinham que ser estabelecidos,
para a cidade tornar-se um pouco mais feliz.
Os brancos ainda insatisfeitos
com a candidatura de João,
só aumentaram os preconceitos
para a tristeza geral da Nação.
Logo, então,
o cargo de juiz foi decretado
e, para a felicidade de João,
pela Raquel Luxúria será ocupado.
A paz, contudo,
Ficou comprometida.
Os brancos acharam um absurdo
e, em seu orgulho, sentiram a ferida.

Tudo o que ocorreu
deu muito trabalho aos tutores.
Cada um deles correu,
ao saber da notícia, para seus setores
tratando, logo, de tentar estabelecer
uma trégua com os brancos feridos.
Até quem sabe fazê-los esquecer
ou fingir que essas situações foram mal-entendidos.
Mas isso os marcou
com uma ferida no fundo da alma.
Apesar do modo como tudo funcionou,
os tutores, de seus pupilos, exigiam calma.
Pois, assim, em uma próxima concorrência,
eles poderiam ganhar
e toda aquela persistência
de melhor que o negro se posicionar.

Alguns anos se passaram.
João gula ainda era o prefeito
e, com sua companheira raquel, muitos brancos multaram,
quando algum branco perante o negro cometia qualquer preconceito.
Após vários desentendimentos
entre a supremacia negra e os brancos indignados,
houve muitos momentos
de desigualdades, porém os brancos ficaram conformados,
pois a situação
já não tinha mais volta
e que bem faria ao coração
se eles massacrassem os negros em uma revolta?
Então brancos, amarelos e vermelhos se uniram
para mostrar ao negro que ninguém é superior.
Para cima do João gula partiram
a dizer que perante a raça dele ninguém é inferior.

Fabrício Inveja e Maria Soberba
sem seus sobrenomes iriam viver,
pois ganharam seus méritos por esquecer da fúria
e o sentimento de paz e união em seus corações prevalecer.
Até mesmo felipe Preguiça que não fazia nada,
lembrou-se que estava no mundo
e que teria de cumprir uma jornada
pois sempre parecia que estava em sono profundo.
E Luís Avareza
também resolveu ajudar
e mostrar aos negros com clareza
que a união entre eles a todos iria beneficiar.
Mesmo assim
os líderes negros Raquel e João
disseram que o preconceito não teria fim
e, quem sabe, um dia, o branco seria o protagonista da escravidão

O Negro nos Guararapes e no Riachuelo, 2011 (detalhe).
Acrílico sobre tela, 500 cm X 170 cm.

O Brasil, Índia, 2002 (detalhe).
Óleo sobre tela,
100 cm X 70 cm.

Criação e recriação da cultura, 2011 (detalhe).
Acrílico sobre tela, 300 cm X 160 cm.

o tempo passou...
nem mesmo os tutores conseguiram resolver
a questão que ainda não terminou.
É acabar com o preconceito o maior dever,
pois brancos, amarelos e vermelhos já haviam se entendido
e os negros não queriam ceder.
Queriam ver o branco perdido
em meio à pobreza e sofrer.
Muitas tentativas foram feitas
para tentar mudar a opinião
de seres negligentes que achavam suas atitudes perfeitas
e que todos possuíam uma boa intenção.
Até que um certo dia
João gula e raquel Luxúria se casaram.
o casal passou a viver em euforia
pois os brancos se retrataram.

Agora vocês irão me perguntar como, mesmo unidas,
as outras três raças não superaram os negros orgulhosos?
É porque uma guerra comprometeria vidas,
além do que os negros eram bem mais numerosos,
pois durante os anos da cidade
muitas crianças nasceram,
principalmente na época da faculdade,
quando, perante a maturidade, cresceram.
Mas quanto à questão do negro ceder
para que a sociedade idealizada florescesse,
por enquanto era melhor esquecer,
pelo menos até que um deles percebesse
a importância de conviver
com respeito e sem discriminar,
aprendendo ao próximo ceder
essa visão de saber dialogar.

Sem desrespeitar a opinião
de qualquer outro ser,
essa conscientização
com o respeito devemos aprender:
os nossos valores
não podem ser julgados,
muito menos pelas cores,
pois não somos jurados.
Mas quanto aos negros orgulhosos
a todos devo citar
que uma filha dos poderosos
estava para chegar.
Pois João Gula e Raquel Luxúria haviam se casado
e logo nasceu Ana Ira, que estava prometida
para Rodrigo Amor, filho de um casal enamorado
e de bem com a vida.

Os potes, 2007 (detalhe).
Acrílico sobre papel,
30 cm X 40 cm.

Seus pais eram Luíza Esperança e Ricardo União,
dois dos quatro tutores da cidade.
A felicidade da Nação
era de extrema imensidade,
pois só faltavam os negros se redimir
para o projeto ser concluído
e essa luta eles têm que admitir:
já está próxima pelo modo como eles têm vivido.
Mais três anos se passaram
e tudo continuou como estava.
Apesar de que discussões não faltaram,
mas a raça negra nem ligava,
pois estava em seu apogeu
com a cidade toda dominada.
A raça branca nesse período muito sofreu.
Sua sorte é que ela estava aliada.

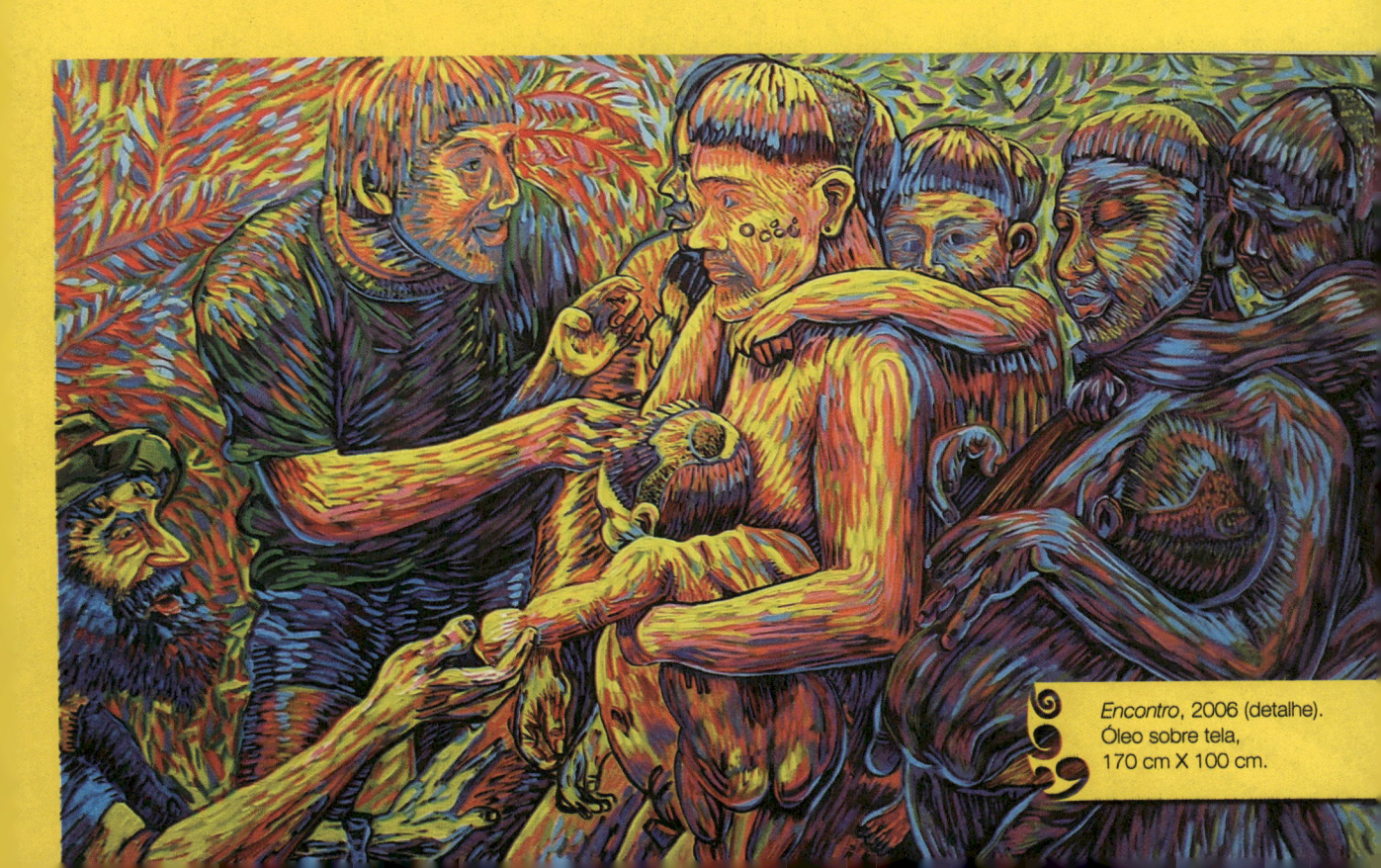

Encontro, 2006 (detalhe).
Óleo sobre tela,
170 cm X 100 cm.

Sou Brasileiro, 2006 (detalhe).
Acrílico sobre papel, 30 cm X 40 cm.

Aliada com amarelos e vermelhos que sempre se entenderam
desde o início do projeto
e que ainda não se renderam
pelas ameaças feitas durante o trajeto,
pois os negros os pressionaram
para ficar ao lado do poder
e para que os brancos, que nesses anos tanto choraram,
continuassem a sofrer
e padecer em meio a tanta dor,
que nenhum ser humano merece passar,
por maior que tivesse sido o ardor
de ver a outra raça contra os mesmos problemas lutar.
Mas tudo logo mudou
quando João gula resolveu decretar
a escravidão dos brancos que gerou
um clima de revolução no ar.

Os tutores então
começaram a agir
em uma batalha incentivada pela Nação
que a todos os capítulos desta história não deixavam de assistir.
E também apoiados
pelo governo de outros países,
eles se sentiram motivados
e ficaram muito felizes,
pois estavam cansados
de ficar sem fazer nada diante da situação.
Eles passaram muito tempo calados.
o triunfo já se antecipava no coração
e a esperança
ao mundo poderia mostrar
que mesmo que a sociedade não saiba modelar a criança,
temos capacidade de fazer tudo mudar.

E, assim, conseguir realizar o ideal
de que o preconceito não faça parte do nosso vocabulário
para que um dia acabe a discriminação racial
e até mesmo a desigualdade das raças perante o salário.
Contudo, voltando à grande revolução
que a Jamaica Brasileira iria passar,
o grande desejo da Nação
estava para se concretizar.
Os tutores Joaquina Paz e Sérgio Sabedoria
foram correndo até a prefeitura
com cuidado, pois Joaquina estava grávida e não podia
fazer movimentos que lhe antecipassem a ruptura.
Além do que Sérgio estava muito feliz,
pois seu filho em breve iria nascer.
Quem sabe no meio disso tudo uma criança infeliz,
mas seus pais fariam de tudo para nada disso acontecer.

Quando chegaram ao gabinete do prefeito
puderam entrar,
pois na cidade quem mais possuía respeito
eram aqueles que deixaram sua vida para os amar.
Então logo que chegaram ao gabinete do prefeito João,
eles o viram dando risada.
Foram tirar satisfações sobre o decreto da escravidão
e ele não quis responder nada.
Logo depois Raquel Luxúria apareceu
junto com sua filha Ana Ira, que desatava a chorar,
com tantas pessoas falando barbaridades quase enlouqueceu,
de tanto ódio queria descer para a multidão enfrentar.
Quando Joaquina Paz começou a gritar
e reclamar de contrações,
Preocupado João Gula Mandou a família Saúde ir ajudar.
Eram de muita ansiedade os sentimentos nos corações.

O que carregam os pés?, 2010 (detalhe).
Acrílico sobre tela, 400 cm X 170 cm.

Aborigine Africana, 2007 (detalhe).
Acrílico sobre tela, 170 cm X 100 cm.

O Curumim, 2007 (detalhe).
Acrílico sobre tela,
100 cm X 70 cm.

Joaquina Paz entrou em trabalho de parto, coitada!
E João Gula pegou seu megafone e mandou a multidão se calar.
Queria ver o bebê nascer e nada
faria que o pudesse prejudicar.
Então logo que nasceu e Raquel Luxúria os viu contentes,
reclamou com os tutores sobre a mistura
de suas raças que eram tão diferentes.
E Sérgio Sabedoria respondeu: a cura!
Diante da oportunidade
ele pegou o megafone do prefeito
e rogou para que toda a cidade
o ouvisse com atenção e respeito.
naquele momento tudo se silenciou:
Até o vento que passava entre as vidraças ficou parado.
E antes de começar seu discurso comentou
que seu sonho de ter um filho havia se realizado.

Então seguido da emoção
Sérgio falou que seu filho iria se chamar
Fernando Compreensão
e seu sobrenome iria explicar:
Compreensão porque sua raça e a de Joaquina se uniram
e Deus não nos deu as diferenças para nos discriminarmos
fisicamente como todos fizeram nesses anos que se seguiram e
sim para aprendermos a nos respeitar
independentemente de nossa ideia
ou filosofias de vida.
Ficara em silêncio a plateia,
mas os aplausos vieram logo em seguida.
O prefeito João Gula e sua esposa Raquel Luxúria renunciaram.
E o prefeito para todo o povo se desculpou.
Negros, brancos, amarelos e vermelhos se abraçaram
e a inocência da criança todo mundo conquistou.

Amanhecer, 2008.
Acrílico sobre papel,
30 cm X 40 cm.

Por isso devemos lutar
para que os preconceitos racial e social sejam exterminados,
pois as diferenças nunca irão acabar,
basta respeitar o próximo para também sermos respeitados.

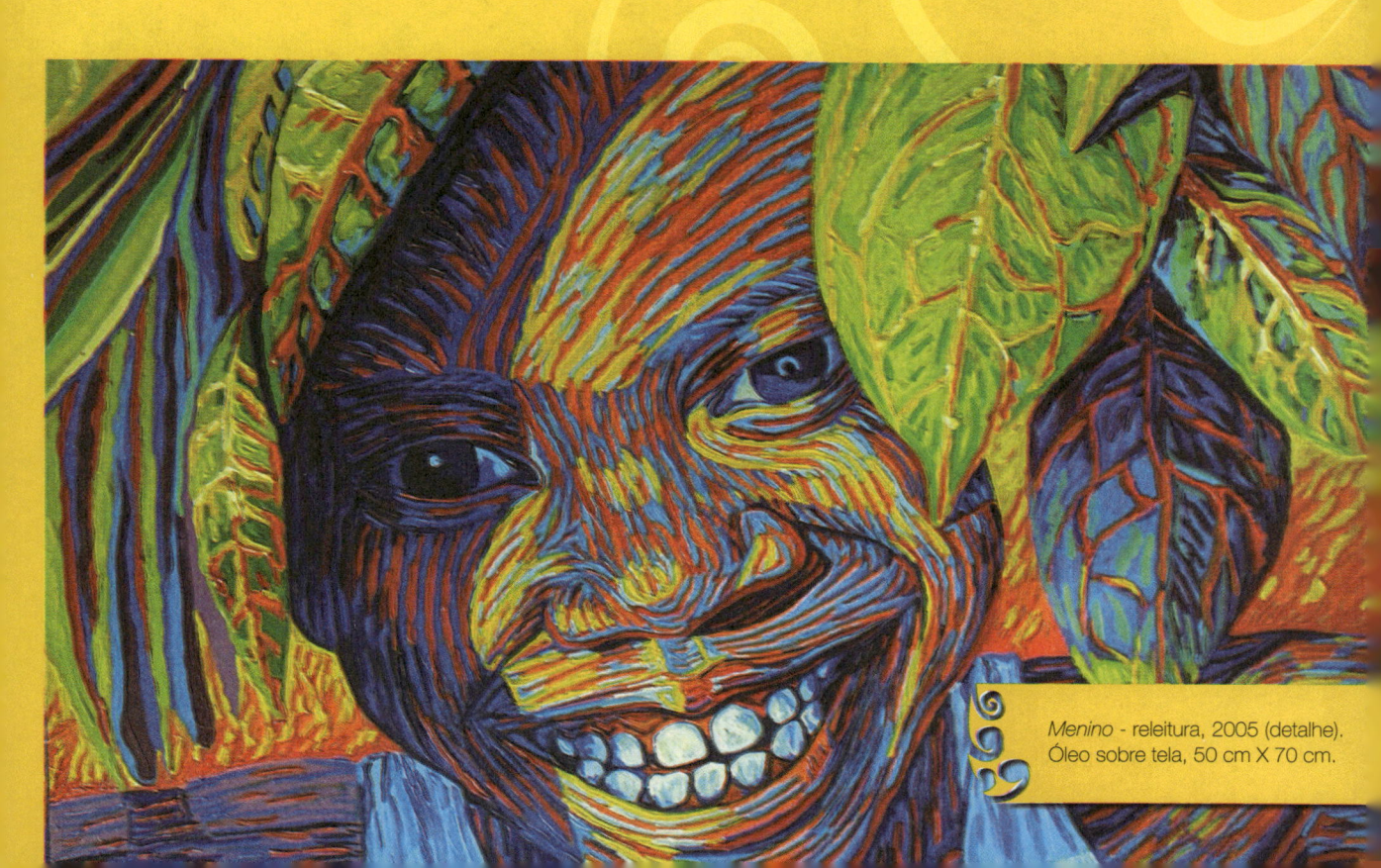

Menino - releitura, 2005 (detalhe).
Óleo sobre tela, 50 cm X 70 cm.

PARA FAZER

REFLEXÃO

A partir da leitura do texto de *Jamaica Brasileira*, reflita sobre as pinturas que o acompanham, do artista plástico Elvis da Silva. Em sua opinião, de que maneira as imagens dialogam com a história criada por Edgard da Silva? Escreva um pequeno texto expondo essa sua reflexão.

TRABALHO EM GRUPO

Reúnam-se em grupo e analisem o mapa abaixo. Ele representa o fluxo de africanos escravizados levados para diversas partes do mundo entre os séculos XVI e XIX. conversem sobre o impacto do tráfico de cativos entre os povos africanos e o peso do Brasil nesse comércio de seres humanos. Pesquisem sobre os principais grupos étnicos da África trazidos para o Brasil. Em seguida, escolham um desses grupos e busquem mais informações sobre ele. Montem um cartaz sobre o impacto do tráfico de africanos escravizados ao Brasil sobre esse grupo étnico e apresentem aos demais colegas.

Fluxo do tráfico de africanos escravizados (séculos XVI ao XIX)

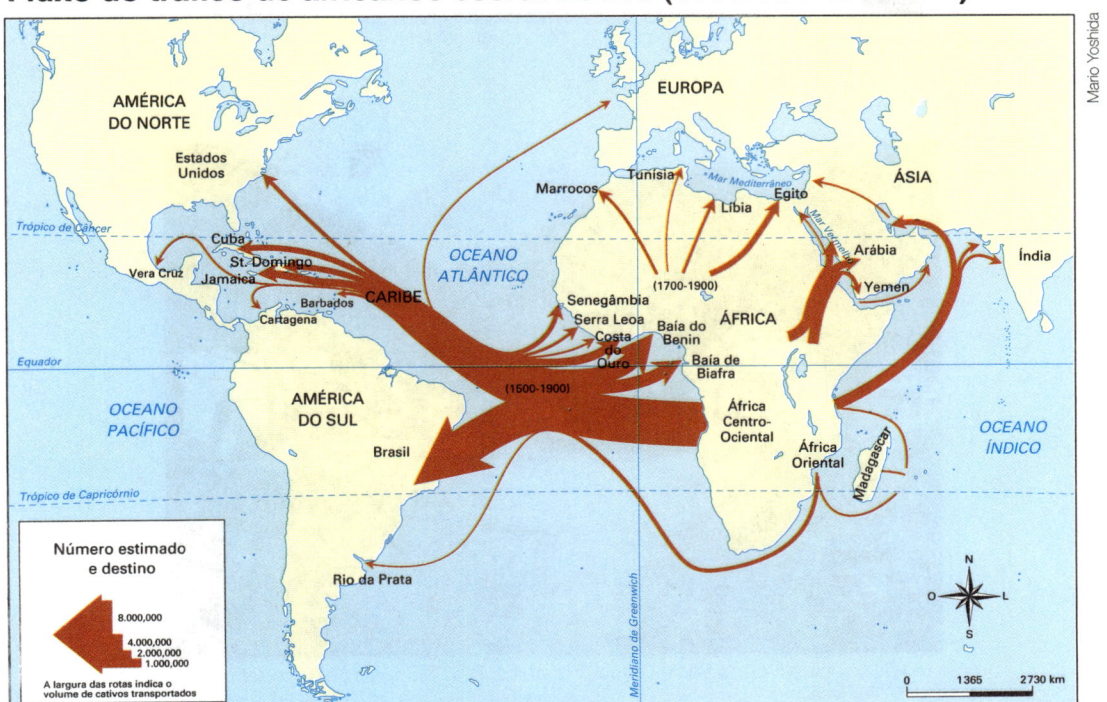

Fonte: <http://www.slavevoyages.org/tast/assessment/intro-maps/01.jsp>. Acesso em: ago. 2012.

ANÁLISE DE IMAGEM

observe atentamente as imagens a seguir, que retratam homens, mulheres e crianças no Brasil do século XiX, em três contextos diferentes: indígenas residindo em uma área imposta pelo governo brasileiro, imigrantes europeus recém-chegados ao Brasil e africanos e seus descendentes escravizados. depois, faça o que se pede.

Foto de uma aldeia indígena no século XiX formada pelo governo brasileiro.

Foto da colônia alemã de Santa Leopoldina, no Espírito Santo, em 1876, registrada por A. Richard Dietze.

Foto de 1868, tirada por Augusto riedel, registra mais de 3 mil homens, mulheres e crianças escravizados diante da casa grande de uma fazenda cafeeira do interior de São Paulo.

Conversem com um colega sobre as diferentes situações vividas pelas pessoas retratadas nessas fotos e depois escrevam juntos um texto sobre como viviam esses grupos no Brasil, durante o período da escravidão.

PAINEL

Os africanos e seus descendentes nunca aceitaram passivamente a escravização, resistindo por meio de fugas, revoltas e outros meios, como a formação de redutos negros. O principal deles foi o Quilombo de Palmares, formado no século XVii, em uma serra localizada entre Alagoas e Pernambuco. Assim como esse reduto, muitos outros se formaram por todo o Brasil.

Pesquise sobre a existência de quilombos na região onde você estuda e depois reúna suas descobertas com a de seus colegas, para montarem um painel. Para esta pesquisa, há na internet diversas fontes seguras, como o site da fundação cultural Palmares: www.palmares.gov.br.

MÚSICA

Leia abaixo o trecho de uma música de gabriel, o Pensador, e depois faça o que se pede.

> [...]
> Não se importe com a origem ou a cor do seu semelhante
> O que que importa se ele é nordestino e você não?
> O que que importa se ele é preto e você é branco
> Aliás, branco no Brasil é difícil, porque no Brasil somos todos mestiços
> Se você discorda, então olhe para trás
> Olhe a nossa história
> Os nossos ancestrais
> O Brasil colonial não era igual a Portugal
> A raiz do meu país era multirracial
> Tinha índio, branco, amarelo, preto
> Nascemos da mistura, então por que o preconceito?
> Barrigas cresceram
> O tempo passou
> Nasceram os brasileiros, cada um com a sua cor
> Uns com a pele clara, outros mais escura
> Mas todos viemos da mesma mistura [...]
>
> Gabriel, o Pensador. Racismo é burrice
> (nova versão de *Lavagem Cerebral*).
> *MTV Ao vivo*. rio de Janeiro: hip hop Brasil, 2003.

Qual a principal mensagem dessa composição? De que forma ela dialoga com o livro *Jamaica Brasileira*?

Reúna-se com outros dois colegas de classe e componham uma música relacionada ao texto e às imagens de *Jamaica Brasileira*. A melodia pode ser nova ou pode ser aproveitada de alguma música existente que vocês gostem, sendo feita uma paródia da mesma. Cada grupo deverá apresentar aos demais sua produção e a classe votará na música que mais combina com o livro.

PROJETO

O texto de *Jamaica Brasileira* nasceu de um projeto do escritor Edgard de Souza Silva para ajudar crianças, jovens e adultos a refletirem sobre as relações étnico-raciais, o que fica bastante claro na última estrofe da obra:

> "Por isso devemos lutar
> para que os preconceitos racial e social sejam exterminados,
> pois as diferenças nunca irão acabar,
> basta respeitar o próximo para também sermos respeitados."

Da mesma forma, as imagens reproduzidas neste livro nasceram de um projeto do artista plástico Elvis da Silva de valorização da cultura afro-brasileira e da diversidade étnica do Brasil. no painel abaixo, por exemplo, o artista buscou representar, por meio de elementos da natureza na África e no Brasil, o encontro da cultura africana com outras culturas, a partir do tráfico de africanos escravizados para o Brasil.

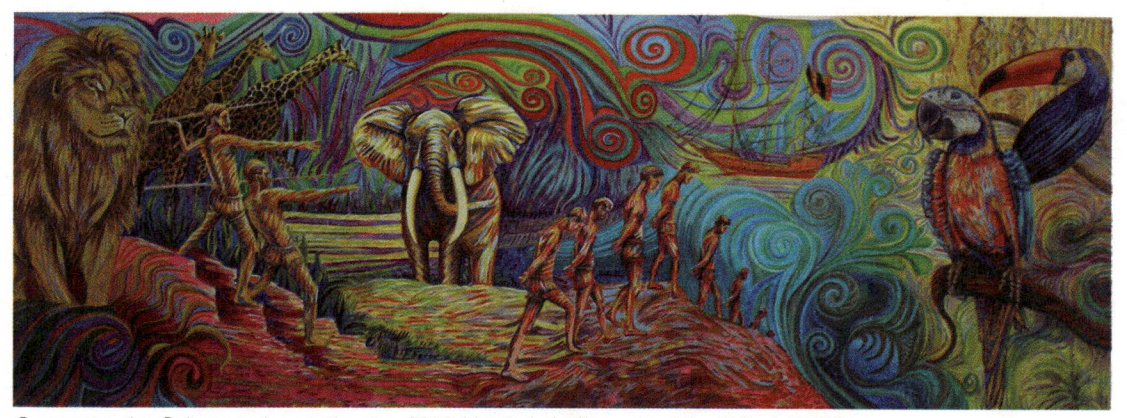

O encontro das Culturas e dos continentes, 2010 (detalhe). Acrílico sobre tela, 500 cm X 170 cm.

Reflita sobre o trecho do livro e a imagem reproduzidos acima. De que maneira essas produções podem levar a mudanças na sociedade brasileira, contribuindo para a diminuição dos preconceitos?

A partir dessa reflexão, desenvolva seu próprio projeto com o objetivo de sensibilizar moradores da região onde você mora ou estuda sobre a necessidade de se superar o racismo.

Essa proposta pode ser discutida em sala de aula, para a elaboração de um projeto mais amplo, envolvendo toda a turma, a ser colocado em prática.

JAMAICA BRASILEIRA

INDICAÇÃO DE LEITURAS

SOUZA, Marina de Mello e. *África e Brasil africano*. São Paulo: Ática, 2006.

Livro rico de dados e iconografias sobre a África e os afrodescendentes, destaca a mestiçagem decorrente da importação de quase 5 milhões de africanos escravizados para o Brasil, entre os séculos XVI e XIX.

PRIORE, Mary de; VENÂNCIO, renato Pinto (orgs.). *Ancestrais:* uma introdução à história da África Atlântica. rio de Janeiro: Elsevier, 2004.

com a proposta de resgatar parte da história de nossos avós da África atlântica, essa obra trabalha desde o continente africano enquanto berço do mundo, passando pelo tráfico de africanos escravizados e suas experiências em outros continentes, até o fim desse comércio de seres humanos. um dos destaques do livro é a reprodução de diversas fontes documentais sobre o tema.

VENTURA, nancy caruso Ventura. *Índio*: recontando a nossa história. São Paulo: noovha América, 2004.

Ao propor uma nova forma de contar a história do Brasil, sob a perspectiva dos povos nativos, esse livro tem como objetivo sensibilizar os leitores quanto à necessidade de se respeitar os direitos dos indígenas de preservar suas organizações sociais, seus costumes, suas línguas, suas crenças e tradições, bem como demarcar terras para manter suas atividades produtivas e conservar recursos ambientais necessários ao seu bem viver.

ALMEIDA, Maria regina celestino de. *Os Índios na História do Brasil*. rio de. Janeiro: Editora fgV, 2010. (coleção fgV de Bolso, 15).

Esse livro foi elaborado com o intuito de apresentar uma revisão das leituras tradicionais sobre os indígenas na história do Brasil, utilizando pesquisas recentes que têm apontado novas interpretações sobre as trajetórias de grupos e indivíduos desses povos. com textos claros, oferece a professores e alunos um importante suporte para o estudo do tema.

FAUSTO, Boris (org.). *Fazer a América*: a imigração em massa para a América Latina. São Paulo: Edusp, 1999. disponível em: <www.funag.gov.br/biblioteca>. Acesso em: ago. 2012.

Ao abordar sob diferentes enfoques o tema da imigração em massa para o continente americano, entre as últimas décadas do século XIX e as três primeiras do século XX, essa obra é uma referência fundamental para se compreender melhor o assunto. o livro traz artigos de especialistas de diversos países, proporcionando uma perspectiva que ultrapassa o contexto do Brasil.

REFERÊNCIAS BIBLIOGRÁFICAS

COSTA, Emília Viotti. *Da Monarquia à República*: momentos decisivos. 2. ed. São Paulo: Ciências Humanas, 1979.

_____. *Da senzala à colônia*. 2. ed. São Paulo: Ciências Humanas, 1982.

FANON, frantz. *Pele negra, máscaras brancas*. Salvador: Edufba, 2008.

_____. *Os condenados da Terra*. Juíz de fora: Editora UFJF, 2010.

FERNANDES, florestan. *O negro no mundo dos brancos*. São Paulo: Difel, 1971.

_____. *A integração do negro à sociedade de classes*. v.1. 3. ed. São Paulo: Ática, 1978.

HERNANDEZ, Leila Leite. *A África na sala de aula*: visita à história contemporânea. São Paulo: Selo Negro, 2005.

FURTADO, Celso. *Formação econômica do Brasil*. 12. ed. São Paulo: companhia Editora nacional, 1974.

HOLANDA, Sérgio Buarque de. *raízes do Brasil*. 14. ed. rio de Janeiro: José olympio, 1981.

IBGE. "Brasil: 500 anos de povoamento". disponível em: <www.ibge.gov.br/brasil500>. Acesso em: ago. 2012.

MANDELA, nelson. *Conversas que eu tive comigo*. rio de Janeiro: Editora rocco, 2012.

MUNANGA, Kabengele. *Negritude:* usos e sentidos. São Paulo: Ática, 1986. onu. resolução Ag no 2.106-A, de 21/12/1965.

PEREIRA, João Baptista Borges. o retorno do racismo. in: SCHWARCZ, Lilia Moritz; QUEIROZ, renato da Silva. (orgs.) *Raça e diversidade*. São Paulo: Edusp, 1996.

POUTIGNAT, Philippe; STREIFF-FENART, Jocelyne. *Teorias da etnicidade*: seguido de grupos étnicos e suas fronteiras de frederik Barth. São Paulo: fundação Editora unesp, 1998.

PRADO JÚNIOR, Caio. *Formação do Brasil contemporâneo*. 13. ed. São Paulo: Brasiliense, 1973.

REIS, Maria Clareth Gonçalves. Origens e significados do termo raça. In: Projeto *A Cor da Cultura*, maio de 2011.

SAID, Edward W. *Orientalismo*: o Oriente como invenção do Ocidente. São Paulo: Companhia das Letras, 1996.

SÃO PAULO, Prefeitura Municipal de. *Políticas públicas; étnico racial e de gênero* (Caderno Cultura n. 1). São Paulo: Coordenadoria dos Assuntos da População Negra/Elas por elas: vozes e ações das Mulheres/Núcleo Negro da UNESP para Pesquisa e Extensão, 2009.

SÃO PAULO, Prefeitura de. Imigração japonesa. Disponível em: <www.saopaulo.sp.gov.br/imigracaojaponesa>. Acesso em: ago. 2012.

SARTRE, Jean-Paul. *Reflexões sobre o racismo*. 6. ed. São Paulo: Difel, 1978.

SCHWARCZ, Lilia Moritz. "Nem preto nem branco, muito pelo contrário: cor e raça na intimidade". In: SCHWARCZ, Lilia Moritz (Org.). *História da vida privada no Brasil*: contrastes da intimidade contemporânea. v.4. São Paulo: Editora Companhia das Letras, 1998.

_____. *O espetáculo das raças*: cientistas, instituições e questão racial no Brasil (1870-1930). São Paulo: Companhia das Letras, 1993.

SKIDMORE, Thomas E. *Preto no branco*: raça e nacionalidade no pensamento brasileiro. 2. ed. Rio de Janeiro: Paz e Terra, 1976.

TEIXEIRA, Rodrigo Corrêa. *História dos ciganos no Brasil*. Recife: Núcleo de Estudos Ciganos, 2008. Disponível em: <www.etnomidia.ufba.br/documentos/rct_historiaciganosbrasil2008.pdf>. Acesso em: ago. 2012.

TORRES, Carlos Alberto. *Democracia, Educação e Multiculturalismo*. Petrópolis: Vozes, 2001.